Daniel, Edgar y Sonia, y para todos los otros jóvenes que están protegidos por las estrellas.

Marisol
y el mensajero amarillo

por Emilie Smith-Ayala
ilustraciones por Sami Suomalainen

Editorial Annick Press Ltd.
Toronto • New York

Esta es la historia de una niña llamada Marisol, como el mar y el sol. Sus padres le dieron este nombre porque cuando nació estaba contenta y tibia como el sol de la mañana, y sus ojos y cabello eran negros como el mar profundo en una noche sin luna.

Pero el día llegó en que cambiaron sus ojos y contaron su propia historia triste. Cuando Marisol tenía sólo ocho años su papá fue muerto, y ella, su mamá y sus hermanitos tuvieron que huir al Canadá. Cada día y cada noche lo único que pensaba era en su bello país y todas las cosas que su papá le había enseñado antes de morir.

Ahora estaban en un país extraño, donde la gente hablaba otra lengua. Vivían en la planta baja de una casa de dos pisos en una calle muy transitada, con una lavandería automática de un lado y una abarrotería del otro. Marisol no salía mucho. Jugaba con sus hermanos, pero ellos eran pequeños. A veces trataba de ayudar a su mamá.

Un día Marisol volvía de la
escuela. Estaba oscureciendo aunque
sólo era la tarde, y su aliento le hacía
nubecitas delante de la cara. Ella
temblaba mientras caía la nieve,
iba arrastrando sus pies helados.
La nieve estaba sucia del humo
despedido por los carros y camiones
que pasaban retumbando.

Suspiró y se imaginó allá en la casa de sus abuelos: ella se mecía con el abuelo en la hamaca después de la escuela, oyendo el ritmo del plas, plas de las palmas de su abuela cuando hacía las tortillas.

Se sacudió el ensueño cuando
llegó a casa. La familia cenó y miró un
poco de tele, pero después de un rato,
cansados de escuchar inglés, se fueron a
dormir.

Esa noche vino una gran tormenta.
El viento gemía y la nieve volaba dando
grandes ramalazos en círculos encegue-
cedores. Marisol escuchaba el silbido de
la tormenta.

Empezó a pensar de nuevo en el abuelo y la abuela, entonces miró el gran retrato de su papá sobre la cabecera de la cama y lloró un ratito. Luego se durmió.

Cuando toda la casa y la calle afuera
estaban en quietud, Marisol empezó a soñar. Vio
cuatro mujeres ancianas arrodilladas en el suelo.
Estaban tejiendo, pasando el hilo de la trama a la
urdimbre. Sus manos morenas trabajaban veloz
y silenciosamente. Aquellas mujeres vestían
brillantes rojos, verdes, rosas, azules y amarillos.
Eran mujeres de su tierra, y la tela que estaban
tejiendo contenía todos los colores del mundo.
Marisol estaba en el centro del círculo y las
ancianas hablaban con ella.

—Vos nos conocés, Marisol —le dijeron—. —Somos las madres de las madres de tus abuelas. Estamos en los árboles y en las estrellas, en los jaguares y en el maíz... Vemos todo y todo nos toca... Ahora mirá para adentro, tus lágrimas son nuestras, porque tu tata era hijo nuestro. Y cuando él murió nuestras voces sollozaron junto con la tuya, los tambores dolientes sonaron desde dentro de nuestros vientres. Venimos a darte paz. Mirá cómo tu tata está ahora con nosotras, y está siempre con vos. Su aliento es el viento que levanta tu pelo. Y las estrellas que te miran son sus ojos. Entonces buscalo en todas partes, y no tengás miedo, pequeña.

Acostada dentro de aquel círculo Marisol se sintió segura y protegida, y por primera vez un dolor profundo de su cuerpo empezó a fluir, a escapar para afuera. Miró de una cara a otra, y la tela que las mujeres tejían creció ampliamente. Creció más que ellas, y Marisol fue rodeada por un gigantesco círculo multicolor.

Entonces se despertó.

Afuera estaba oscuro. La tormenta se había calmado, y escuchó la respiración de un hermanito, luego la del otro, y después los suaves suspiros de su mamá en el cuartito que todos compartían. Ella no recordaba exactamente el sueño, pero se sentía calientita en su cama. Pronto se volvió a dormir.

Al día siguiente toda la gran ciudad estaba cubierta de nieve, tanta que los carros se detuvieron y la escuela fue suspendida. La gente mayor estaba ocupada despejando la nieve, y los niños se arroparon y felices fueron a escalar las montañas de nieve. Marisol y sus hermanos también salieron. Jugaron en la nieve como si hubieran vivido en el norte todas sus vidas.

Hicieron bolas de nieve y jugaron trineo con los demás niños.

Al final, cuando el sol se iba ocultando, fueron corriendo a su casa. Iban cansados, helados y risueños.

Caminando por la calle, Marisol recordó su sueño. Recordó las palabras de las viejas mujeres: "Entonces buscalo en todas partes..." Miró a su alrededor la quietud de la nieve. No podía ver la cara de su papá en parte alguna del blanco congelado. Los niños llegaron sin aliento a la escalera de su casa. Los hermanitos entraron, quitándose las botas y hablando los dos a la vez con su mamá. Pero Marisol no entró directamente, se quedó parada ante la puerta, esperando.

En ese momento vio venir algo que la hizo abrir los ojos grandemente y sentir un cosquilleo debajo del cabello. De la blancura salió un pajarito amarillo. Voló directo hacia ella y, cuando Marisol abrió toda la puerta, el entró delante de ella. Hubo un gran alboroto en el minúsculo apartamento mientras el pajarillo aleteaba por todos lados, deteniéndose aqui y allá, mirando a las personas con su cabecita que inclinaba a un lado. Pusieron para él un poco de agua en una taza sin asa, y unas semillas de ajonjolí en la tapa de un bote de crema agria. El pajarillo bajó a tomar unos sorbitos y a picotear.

Al llenar la oscuridad las calles de afuera, el pequeño visitante se apaciguó.

–Debemos dejarlo ir otra vez –dijo la mamá de Marisol–. –No es justo tenerlo prisionero. Pero Marisol y sus hermanos rogaron porque dejara quedarse a la criatura.

–Seguro que moriría allá afuera en una noche como esta –le dijeron–. Así que el pajarito amarillo con los alegres ojitos negros se quedó. Pasó la noche en el baño calientito, en un paradero hecho con una cuchara de madera.

Antes de ir a dormir Marisol fue una última vez a revisar al pajarito. Había empezado a cantar, se sentía tan en su casa en el cálido apartamento. Al acostarse ella lo escuchó, y parecía que el ave cantara con una voz que había oído ya, tantas veces: "No tengás miedo, mi pequeña, no tengás miedo, mi pequeña..."

Marisol se arremolinó y cubrió bien con su colcha. Sonrió suavemente al reconocer aquel canto, y sintió por su mamá y sus hermanitos un amor más fuerte que nunca.

Ella sabía ahora por qué había venido el pajarito amarillo.

Annick Press Ltd.

La Editorial Annick reconoce con gratitud el apoyo del
Consejo Canadiense y del Consejo de las Artes de Ontario.

Canadian Cataloguing in Publication Data

Smith-Ayala, Emilie
   [Marisol and the yellow messenger. Spanish]
   Marisol y el mensajero amarillo

Translation of: Marisol and the yellow messenger.
ISBN 1-55037-985-2

I. Suomalainen, Sami. II. Title. III. Title:
Marisol and the yellow messenger. Spanish.

PS8587.M57M318 1994   j813'.54   C94-931721-7
PZ73.S55Ma 1994

Distribuído en el Canadá por: Publicado en los E.E.U.U. por Annick Press (U.S.) Ltd.
Firefly Books Ltd.   Distribuído en los E.E.U.U. por:
250 Sparks Ave.   Firefly Books Ltd.
Willowdale, ON M2H 2S4   P.O. Box 1325
    Ellicott Station
    Buffalo, NY 14205

∞Impreso en papel libre de ácido.

Printed and bound in Canada by
D.W. Friesen & Sons, Altona, Manitoba.

Para Pacho, Chico, Julio, Griselda, Willie, Angel, Mariano y especialmente para Mynitor,